„Der kühnen Bahn nun folgen wir, die uns geführt Lassalle"

Textbuch einer Totenfeier für Ferdinand Lassalle.

Ein literarischer Bilderbogen mit Musik
und programmatischen Aussagen,
dazu historische Texte von Dr. Heinrich Laufenberg,
nach der Veranstaltung der SPD Hamburg-Eimsbüttel
am 24. September 2004.

Textauswahl und verbindende Texte:
Dr. Burchard Bösche, Ernst Christian Schütt

Schriften der Kunststiftung
Heinrich Stegemann Nr. 2

Herausgegeben von der Kunststiftung Heinrich Stegemann
Basselweg 43, D-22527 Hamburg,
Mail: burchard.boesche@hamburg.de

Bilder: Archiv der Heinrich-Kaufmann-Stiftung, Hamburg

Satz und Layout:
Silke Wolf, grafik@Hamburg.de

Herstellung und Verlag: BoD - Books on Demand, Norderstedt
2016

ISBN: 978-3-739-23003-0

Ferdinand Lassalle, Jugendbildnis

Vorwort

Anlässlich des 140. Todestages von Ferdinand Lassalle vor gut 10 Jahren entstand die Idee, an die alte Tradition der Lassalle-Totenfeiern anzuknüpfen und erneut eine Erinnerungsveranstaltung für den wichtigsten Gründer der SPD durchzuführen. Eine Arbeitsgruppe, der neben den beiden Autoren Anne Moderegger und Olaf Steinbiß angehörten, verständigte sich auf das Konzept, dafür Zitate aus dem monumentalen Werk von Heinrich Laufenberg, *Geschichte der Arbeiterbewegung in Hamburg, Altona und Umgegend* zur Grundlage zu nehmen. Die Veranstaltung war nicht übermäßig besucht, gleichwohl ein schöner Erfolg, was man daran messen kann, dass die Teilnehmer am Schluss Audorfs *Arbeitermarseillaise* sangen, ohne dass dies einen Hauch von Peinlichkeit hatte. Seit dem lag das Manuskript ungenutzt, um mit Karl Marx zu sprechen, „nur der nagenden Kritik der Mäuse ausgesetzt." Beim kürzlichen Wiederlesen wurde deutlich, dass Laufenbergs Texte nach wie vor ein buntes, ein lebendiges Bild der Arbeiterbewegung, der deutschen Sozialdemokratie vermitteln und dass der Text vielleicht auch außerhalb Hamburgs mit Genuss zu lesen ist und vielleicht sogar erneut aufgeführt werden kann.

Hamburg, Dezember 2015
Dr. Burchard Bösche

„Der kühnen Bahn nun folgen wir, die uns geführt Lassalle"

Liebe Genossinnen und Genossen,

wir begrüßen Euch heute, auf den Tag genau 140 Jahre nach der ersten Hamburger Totenfeier für *Ferdinand Lassalle* am 24. September 1864, um an einen Menschen zu erinnern, der wie kein zweiter die Hamburger Sozialdemokratie geprägt hat, obwohl er nie in Hamburg war.

Wir knüpfen an die Tradition der Lassalle-Totenfeiern an, die bis zum Ende der Weimarer Republik von der deutschen Sozialdemokratie gepflegt wurde.

Dies wird keine Begräbnisveranstaltung, sondern ein literarischer Bilderbogen mit Musik. Wir stützen uns auf historische Texte, insbesondere auf die programmatischen Quellen und die Chronik der Hamburger Arbeiterbewegung von *Heinrich Laufenberg*[1]. Auch an ihn wollen wir damit erinnern, der immerhin als Vorsitzender des Hamburger Arbeiter- und Soldatenrates in der Revolution 1918/19 der erste sozialistische Regierungschef in Hamburg war.

---

1 *Heinrich Laufenberg, Geschichte der Arbeiterbewegung in Hamburg, Altona und Umgegend, Band 1, Nachdruck der 1911 in Hamburg erschienenen 1. Auflage, Berlin – Bonn-Bad Godesberg 1977 (zit. Laufenberg I)*

Ferdinand Lassalle, 1825 - 1864

Ferdinand Lassalle, 1825 in Breslau geboren, wurde in jungen Jahren geprägt durch die Erfahrungen der Märzrevolution von 1848, an der er in Düsseldorf teilnahm, wo er bereits mit Karl Marx in Kontakt kam.

An dieser demokratischen Revolution haben sich die vielfach neu gebildeten Arbeiterorganisationen mit eigenen Positionen, eigenen Forderungen beteiligt, an erster Stelle der Schriftsetzer *Stefan Born* und die von ihm gegründete *Allgemeine deutsche Arbeiterverbrüderung*.

Im Februar 1848 veröffentlichte der Londoner *Bund der Kommunisten* das maßgeblich von *Karl Marx* formulierte *Kommunistische Manifest*, das nachhaltigen Einfluss auf die Arbeiterbewegung bekommen sollte.

Es tritt auf: Herr *Karl Marx*.

„Ein Gespenst geht um in Europa — das Gespenst des Kommunismus. …. Die Geschichte aller bisherigen Gesellschaft ist die Geschichte von Klassenkämpfen. Freier und Sklave, Patrizier und Plebejer, Baron und Leibeigner, Zunftbürger und Gesell, kurz, Unterdrücker und Unterdrückte standen in stetem Gegensatz zueinander, führten einen ununterbrochenen, bald versteckten, bald offenen Kampf, einen Kampf, der jedes mal mit einer revolutionären Umgestaltung der ganzen Gesellschaft endete oder mit dem gemeinsamen Untergang der kämpfenden Klassen.

Die aus dem Untergange der feudalen Gesellschaft hervorgegangene moderne bürgerliche Gesellschaft hat die Klassengegensätze nicht aufgehoben. Sie hat nur neue Klassen, neue Bedingungen der Unterdrückung, neue Gestaltungen des Kampfes an die Stelle der alten gesetzt.

Karl Marx, 1818 – 1883

Unsere Epoche, die Epoche der Bourgeoisie, zeichnet sich jedoch dadurch aus, dass sie die Klassengegensätze vereinfacht hat. Die ganze Gesellschaft spaltet sich mehr und mehr in zwei große feindliche Lager, in zwei große einander direkt gegenüberstehende Klassen — Bourgeoisie und Proletariat.

Die wesentlichste Bedingung für die Existenz und für die Herrschaft der Bourgeois-Klasse ist die Anhäufung des Reichtums in den Händen von Privaten, die Bildung und Vermehrung des Kapitals. Die Bedingung des Kapitals ist die Lohnarbeit. Die Lohnarbeit beruht ausschließlich auf der Konkurrenz der Arbeiter unter sich. Der Fortschritt der Industrie, dessen willenloser und widerstandsloser Träger die Bourgeoisie ist, setzt an die Stelle der Isolierung der Arbeiter durch die Konkurrenz ihre revolutionäre Vereinigung durch die Assoziation. Mit der Entwicklung der großen Industrie wird also unter den Füßen der Bourgeoisie die Grundlage selbst weggezogen, worauf sie produziert und die Produkte sich aneignet. Sie produziert vor allem ihre eigenen Totengräber. Ihr Untergang und der Sieg des Proletariats sind gleich unvermeidlich.

Kommunistisches Manifest, 1848

Die Kommunisten verschmähen es, ihre Ansichten und Absichten zu verheimlichen. Sie erklären es offen, dass ihre Zwecke nur erreicht werden können durch den gewaltsamen Umsturz aller bisherigen Gesellschaftsordnung. Mögen die herrschenden Klassen vor einer kommunistischen Revolution zittern. Die Proletarier haben nichts in ihr zu verlieren als ihre Ketten. Sie haben eine Welt zu gewinnen.

Proletarier aller Länder, vereinigt Euch!"[2]

---

2 *Marx/Engels, Werke, Bd. 4, S. 459 ff.*

Stephan Born, 1824 - 1898

Stephan Born wandte sich mit seiner *Arbeiterverbrüderung* in erster Linie an die Handwerksgesellen und qualifizierten Fabrikarbeiter, die sich gegenüber dem Proletariat abheben wollten und sich gegenseitig mit „Herr" anredeten. Manches aus den Forderungen der Arbeiterverbrüderung hat später in sozialdemokratische Parteiprogramme Eingang gefunden.

Es tritt auf: Herr *Stephan Born*.

„Wir fordern unter anderem:

Jeder Deutsche ist mit 21 Jahren Wähler und wählbar für die gesetzgebenden Versammlungen.

Jeder, der zu den Wahlen für die gesetzgebenden Versammlungen berechtigt ist, ist es auch in seiner Gemeinde zu den Gemeindewahlen. Die Ausschließlichkeit des Bürgerrechts hört somit auf.

Keinem Deutschen darf der Aufenthalt und die Niederlassung in irgendeiner Gemeinde versagt werden. Der Nachweis von Vermögen ist zum Niederlassungsrecht nicht mehr erforderlich.

Der Staat sanktioniert die von den Arbeitern gegründeten Arbeiterkomitees.

Aufhebung der indirekten Steuern, Einführung progressiver Einkommensteuer mit Steuerfreiheit derjenigen, die nur das Nötige zum Leben haben.

Keiner darf ein Geschäft, welches technische Fertigkeiten bedingt, weder selbst betreiben noch durch Werkführer betreiben lassen, wenn er es nicht selbst erlernt hat.

Die wirkliche Arbeitszeit wird auf 10 Stunden festgesetzt.

Das stehende Heer muss beschränkt und die wirkliche Dienstzeit höchstens auf 1 Jahr festgestellt, dagegen die Volksbewaffnung allgemein eingeführt werden, so dass jeder stets Soldat ist, wenn das Vaterland in Gefahr.

Die Schule ist Staatsanstalt und wird als solche von der Kirche getrennt.

Die Schule wird zur Volksschule erhoben, unabhängig von der Konfession, weshalb auch der konfessionelle Religionsunterricht aus den Lehrgegenständen derselben gestrichen wird.

Die Beaufsichtigung der Schulen wird der Geistlichkeit entzogen.

Der Unterricht in den Volksschulen wird unentgeltlich erteilt, ohne Unterschied des Standes.

Die Gemeinde übernimmt die Verpflichtung, für Kinder unbemittelter Eltern die zum Unterricht nötigen Bücher und Schulmaterialien frei anzuschaffen."[3]

Die Verbrüderung, 1848

---

3   Beschlüsse des Gründungskongresses der Allgemeinen Deutschen Arbeiterverbrüderung in Berlin 1848, in: Programmatische Dokumente der deutschen Sozialdemokratie, Berlin/Bonn 1984, S.

Mit der Niederlage der 48er-Revolution wurden fast alle Arbeiterorganisationen aufgelöst. Nach Jahren der politischen Friedhofsruhe kam es ab 1859/60 zur Neugründungen von Arbeiterverbänden in Form von unpolitischen Arbeiterbildungsvereinen, die fest in der Hand bürgerlicher Liberaler waren. Aber es erwachten auch die Bestrebungen zu einer eigenständigen Organisation der Arbeiterschaft, fast gleichzeitig in Berlin, Leipzig und Hamburg.

Resolution einer Hamburger Arbeiterversammlung, 1862:

„Der Arbeiter ist selbständiger geworden, die, wenn auch trüben Erfahrungen der Vergangenheit haben ihn zu dem Selbstbewusstsein gebracht, dass nur er selbst seines Glückes Schmied sein kann. In jeder Stadt, in jedem Dorf, tritt die Überzeugung auf, dass der Arbeiterstand, da er der zahlreichste ist, um so mehr berechtigt sein muss, für dasjenige, was ihm nützlich und zu seiner kräftigen und gedeihlichen Entwicklung erforderlich ist, ja, was ihm zu seinem Bestehen als wirklichem Arbeiterstand unbedingt notwendig ist, selbst einzutreten, selbst zu bestimmen, wodurch er zu diesem Ziele gelangt."

Friedrich Wilhelm Fritzsche, 1825 – 1905,
Tabakarbeiter, maßgebliches Mitglied des Leipziger Komitees

„Leipzig, in der Mitte Deutschlands belegen, hat es sich zur Aufgabe gestellt, die deutsche Arbeiterfrage in die Hand zu nehmen. Es ist ein Komitee aus den dortigen Arbeitern mit dem Auftrage gewählt worden, alle Genossen aus Nord und Süd, Ost und West, wes Standes oder Gewerbes sie immer sein mögen, zu einer im Anfang des nächsten Jahres in Leipzig abzuhaltenden allgemeinen deutschen Arbeiterversammlung zusammen zu berufen, um die Interessen des Arbeiterstandes zu besprechen."[4]

---

4   *Laufenberg I, S. 204*

Es folgten zahlreiche Arbeiterversammlungen im Städtegebiet, wie man damals die selbständigen Städte Hamburg, Altona, Ottensen, Wandsbek und Harburg nannte. Die Ziele und Positionen des Leipziger Komitees wurden unterstützt. Als Beratungsgegenstände wurden Gewerbefreiheit, Freizügigkeit, Arbeiterkassen, die Einführung Allgemeiner obligatorischer Volksschulen und die Ausdehnung der Arbeiterbildungsvereine angesprochen.

„Am 22. Februar 1863 nahm in Altona eine von 2.000 Personen besuchte Versammlung im Englischen Garten die Leipziger Tagesordnung an."[5]

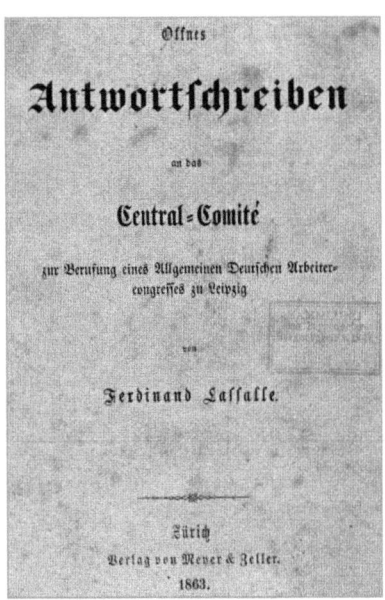

Offenes Antwortschreiben, 1863[6]

„Das Leipziger Komitee hatte sich mit *Lassalle* ins Benehmen gesetzt, dieser an dasselbe am 1. März 1863 sein *Offenes Antwortschreiben* erlassen, das zumal in Hamburg begeisterten Widerhall fand, während der nächsten Jahre die Gedankenwelt der Arbeiterbewegung im Norden vollends beherrschte."[7]

Es tritt auf Herr **Ferdinand Lassalle**.

„Sie fordern mich in Ihrer Zuschrift auf, Ihnen in irgendeiner mir passend erscheinenden Form meine Ansichten über die Arbeiterbewegung und über die Mittel, deren sie sich zu bedienen hat, um die Verbesserung der Lage des Arbeiterstandes in politischer, materieller und geistiger Beziehung zu erreichen, sowie besonders auch über den Wert der Assoziationen für die ganz unbemittelte Volksklasse auszusprechen.

Ich nehme keinen Anstand, Ihrem Wunsch nachzukommen, und wähle dazu die einfachste, durch die Natur der Sache nahegelegte Form, die Form eines öffentlichen Send- und Antwortschreibens ....

---

5 Laufenberg I, S. 210
6 Das Offene Antwortschreiben gilt als das älteste programmatische Dokument der sozialdemokratischen Partei in Deutschland
7 Laufenberg I, S. 212

Ferdinand Lassalle

Es ist geradezu vollständig beschränkt, zu glauben, dass den Arbeiter die politische Bewegung und Entwicklung nicht zu kümmern habe! Ganz im Gegenteil kann der Arbeiter die Erfüllung seiner legitimen Interessen nur von der politischen Freiheit erwarten....

Der Arbeiterstand muss sich als selbständige politische Partei konstituieren und das allgemeine gleiche und direkte Wahlrecht zu dem prinzipiellen Losungswort und Banner dieser Partei machen. Die Vertretung des Arbeiterstandes in den gesetzgebenden Körpern Deutschlands — dies ist es allein, was in politischer Hinsicht seine legitimen Interessen befriedigen kann. Eine friedliche und gesetzliche Agitation hierfür mit allen gesetzlichen Mitteln zu eröffnen, das ist und muss in politischer Hinsicht das Programm der Arbeiterpartei sein.

Aber Sie wollen Sparkassen, Invaliden-, Hilfs- und Krankenkassen stiften? Ich erkenne gern den relativen, obwohl äußerst untergeordneten und kaum der Rede werten Nutzen dieser Institute an.

Aber unterscheiden wir gänzlich zwei Fragen, die schlechterdings nichts miteinander zu tun haben.

Ist es Ihr Zweck, das Elend von Arbeiterindividuen erträglicher zu machen?... In diesem Falle sind Kranken-, Invaliden-, Spar- und Hilfskassen ganz angemessene Mittel. Nur verlohnte es sich dann nicht, für einen solchen Zweck eine Bewegung durch ganz Deutschland anzuregen, eine allgemeine Agitation in den gesamten Arbeiterstand der

Nation zu werfen. Man muss nicht die Berge kreißen lassen, als wollten sie gebären, damit dann ein kleines Mausehen zum Vorschein komme!

Dieser so höchst beschränkte und untergeordnete Zweck ist vielmehr ruhig den lokalen Vereinen und der lokalen Organisation zu überlassen, die ihn auch weit besser zu erreichen vermögen.

*Oder aber ist es Ihr Zweck, die normale Lage des **gesamten** Arbeiterstandes selbst zu verbessern und über ihr jetziges Niveau zu erheben?*

Und freilich ist und muss das Ihr Zweck sein.

Den Arbeiterstand zu seinem eigenen Unternehmer zu machen — das ist das Mittel, durch welches — und durch welches allein —, wie Sie jetzt sofort selbst sehen, jenes eherne und grausame Gesetz beseitigt sein würde, das den Arbeitslohn bestimmt. Wenn der Arbeiterstand sein eigener Unternehmer ist, so fällt jene Scheidung zwischen Arbeitslohn und Unternehmergewinn und mit ihr der bloße Arbeitslohn überhaupt fort, und an seine Stelle tritt als Vergeltung der Arbeit: der Arbeitsertrag! Die Aufhebung des Unternehmergewinns in der friedlichsten, legalsten und einfachsten Weise, indem sich der Arbeiterstand durch freiwillige Assoziationen als sein eigner Unternehmer organisiert, die hiermit und hiermit allein gegebene Aufhebung jenes Gesetzes, welches unter der heutigen Produktion von dem Produktionsertrag das eben zur Lebensfristung Erforderliche auf die Arbeiter als Lohn und den gesamten Überschuss auf den Unternehmer verteilt, das ist die einzige wahrhafte, die einzige seinen gerechten Ansprüchen entsprechende, die einzige nichtillusionäre Verbesserung der Lage des Arbeiterstandes.

Eben deshalb ist es Sache und Aufgabe des Staates, Ihnen dies zu ermöglichen, die große Sache der freien individuellen Assoziation des Arbeiterstandes fördernd und entwickelnd in seine Hand zu nehmen und es zu seiner heiligsten Pflicht zu machen, Ihnen die Mittel und Möglichkeit zu dieser Selbstorganisation und Selbstassoziation zu bieten.

Organisieren Sie sich als ein Allgemeiner deutscher Arbeiterverein zu dem Zweck einer gesetzlichen und friedlichen, aber unermüdlichen, unablässigen Agitation für die Einführung des allgemeinen und direkten Wahlrechts in allen deutschen Ländern. Von dem Augenblicke an, wo dieser Verein auch nur 100 000 deutsche Arbeiter umfasst, wird er bereits eine Macht sein, mit welcher jeder rechnen muss. Pflanzen Sie diesen Ruf fort in jede Werkstatt, in jedes Dorf, in jede Hütte. ... Debattieren Sie, diskutieren Sie überall, täglich, unablässig, unaufhörlich in friedlichen, öffentlichen Versammlungen wie in privaten Zusammenkünften die Notwendigkeit des allgemeinen und direkten Wahlrechts. Je mehr das Echo Ihrer Stimme millionenfach widerhallt, desto unwiderstehlicher wird der Druck derselben sein.

Stiften Sie Kassen, zu welchen jedes Mitglied des deutschen Arbeitervereins Beiträge zahlen muss und zu denen Ihnen Organisationsentwürfe vorgelegt werden können.

Gründen Sie mit diesen Kassen, die trotz der Kleinheit der Beiträge eine für Agitationszwecke gewaltige finanzielle Macht bilden, öffentliche Blätter, welche täglich dieselbe Forderung erheben und die Begründung derselben aus den sozialen Zuständen nachweisen. Verbreiten Sie mit denselben Mitteln Flugschriften zu demselben Zwecke. Besolden Sie aus den Mitteln dieses Vereins Agenten, welche dieselbe Einsicht in jeden Winkel des Landes tragen, das Herz eines jeden Arbeiters, eines jeden Häuslers und Ackerknechts mit demselben Rufe durchdringen. Entschädigen Sie aus den Mitteln dieses Vereins alle solche Arbeiter, welche wegen ihrer Tätigkeit für denselben Schaden und Verfolgung erlitten haben.

Wiederholen Sie täglich, unermüdlich dasselbe, wieder dasselbe, immer dasselbe! Je mehr es wiederholt wird, desto mehr greift es um sich, desto gewaltiger wächst seine Macht.

Alle Kunst praktischer Erfolge besteht darin, alle Kraft zu jeder Zeit auf einen Punkt — auf den wichtigsten Punkt — zu konzentrieren und nicht nach rechts noch links zu sehen. ... Seien Sie taub für alles, was nicht allgemeines und direktes Wahlrecht heißt oder damit in Zusammenhang steht und dazu führen kann!

Wenn Sie diesen Ruf — was Ihnen binnen wenigen Jahren gelingen kann — wirklich durch die 89 bis 96 Prozent der Gesamtbevölkerung fortgepflanzt haben werden, welche, wie ich Ihnen gezeigt habe, die armen und unbemittelten Klassen der Gesellschaft bilden, dann wird man — seien Sie unbesorgt! — Ihrem Wunsche nicht lange widerstehen! Man kann von Seiten der Regierungen mit der Bourgeoisie über politische Rechte schmollen und hadern. Man kann selbst Ihnen politische Rechte und somit auch das allgemeine Wahlrecht verweigern, bei der Lauheit, mit welcher politische Rechte aufgefasst werden. Aber das allgemeine Wahlrecht, von 89 bis 96 Prozent der Bevölkerung als Magenfrage aufgefasst und daher auch mit der Magenwärme durch den ganzen nationalen Körper hinverbreitet — seien Sie ganz unbesorgt, meine Herren, es gibt keine Macht, die sich dem lange widersetzen würde!

Dies ist das Zeichen, das Sie aufpflanzen müssen. Dies ist das Zeichen, in dem sie siegen werden! Es gibt kein anderes für Sie!

Mit Gruß und Handschlag

Berlin, 1. März 1863

Ferdinand Lassalle"[8]

„In einer Hamburger Arbeiterversammlung vom 28. März 1863 wurde das *Offene Antwortschreiben* verlesen um dann den Gegenstand einer eingehenden Debatte zu bilden. Zumal die Forderung des allgemeinen, gleichen und direkten Wahlrechts begegnete lebhaftester Zustimmung. Die Versammlung erklärte sich in einer Resolution mit *Lassalle* vorbehaltlos einverstanden. „*Die Hamburger allgemeine Arbeiterversammlung erkennt den in dem Offenen Antwortschreiben Lassalles aufgestellten Grundsatz: dass nur allein durch Einführung des allgemeinen, direkten Wahlrechts eine Besserung der Arbeiterverhältnisse eintreten kann, vollkommen an, und hält es demnach für unumgänglich notwendig, dass der Leipziger Arbeitertag vor allem die Frage in die Hand nehme, wie die Einführung des allgemeinen direkten Wahlrechts auf gesetzlichem Wege zu erreichen sei.*"[9]

---

8   Ferdinand Lassalle, Offenes Antwortschreiben, in: Ferdinand Lassalle, Reden und Schriften, Berlin 1892/1893, Nachdruck Hamburg o.J., S. 236
9   Laufenberg I, S. 215

*Das ‚Colosseum' in Leipzig, 1863 Gründungsort
des Allgemeinen Deutschen Arbeitervereins*

„Das Leipziger Komitee nahm die Gründung des *Allgemeinen deutschen Arbeitervereins* nach *Lassalles* Vorschlag in die Hand.

Am 11. April 1863 trat eine Hamburger Arbeiterversammlung dem Plane bei. Dann beschäftigte sich am 2. Mai 1863 eine allgemeine Arbeiterversammlung zu Hamburg mit den vom Leipziger Komitee vorgelegten und von *Lassalle* verfassten Vereinsstatuten. Sie fanden im Allgemeinen Billigung. Nur dass die erste Präsidentschaft fünf Jahre währen sollte, ging den meisten wider den Strich. Man befürwortete eine Dauer von drei Jahren, eine Ansicht, der sich die Versammlung und auch der anwesende *York* anschloss: es sei immerhin eigentümlich, wenn jemand, den die Mehrheit erst seit wenigen Wochen kenne, sofort auf fünf Jahre zu Präsidenten gemacht werde."[10]

*Theodor York, 1830 – 1875,
Tischlergeselle, führender Kopf der Harburger Sozialdemokraten.*

---

10   Laufenberg I, S. 217

Jacob Audorf der Jüngere,
1834 - 1898

„Neben Audorf und Perl gingen Bruhn - ein Freischärler des Revolutionsjahres 1848 und später aus dem Bunde der Kommunisten ausgeschlossen - und York als Delegierter Harburgs nach Leipzig."[11]

Jacob Audorf der Jüngere, Schlosser von Beruf, war Sohn des 48er Revolutionärs gleichen Namens und Dichter der *Arbeitermarseillaise*. Neben *Perl* war er lange Zeit einer führenden Köpfe der Hamburger Arbeiterbewegung. Die Gründung des *Allgemeinen deutschen Arbeitervereins* inspirierte *Georg Herweg*, das *Bundeslied* zu schreiben:

Georg Herwegh, 1817 – 1875

---

11   *Laufenberg I, S. 218*

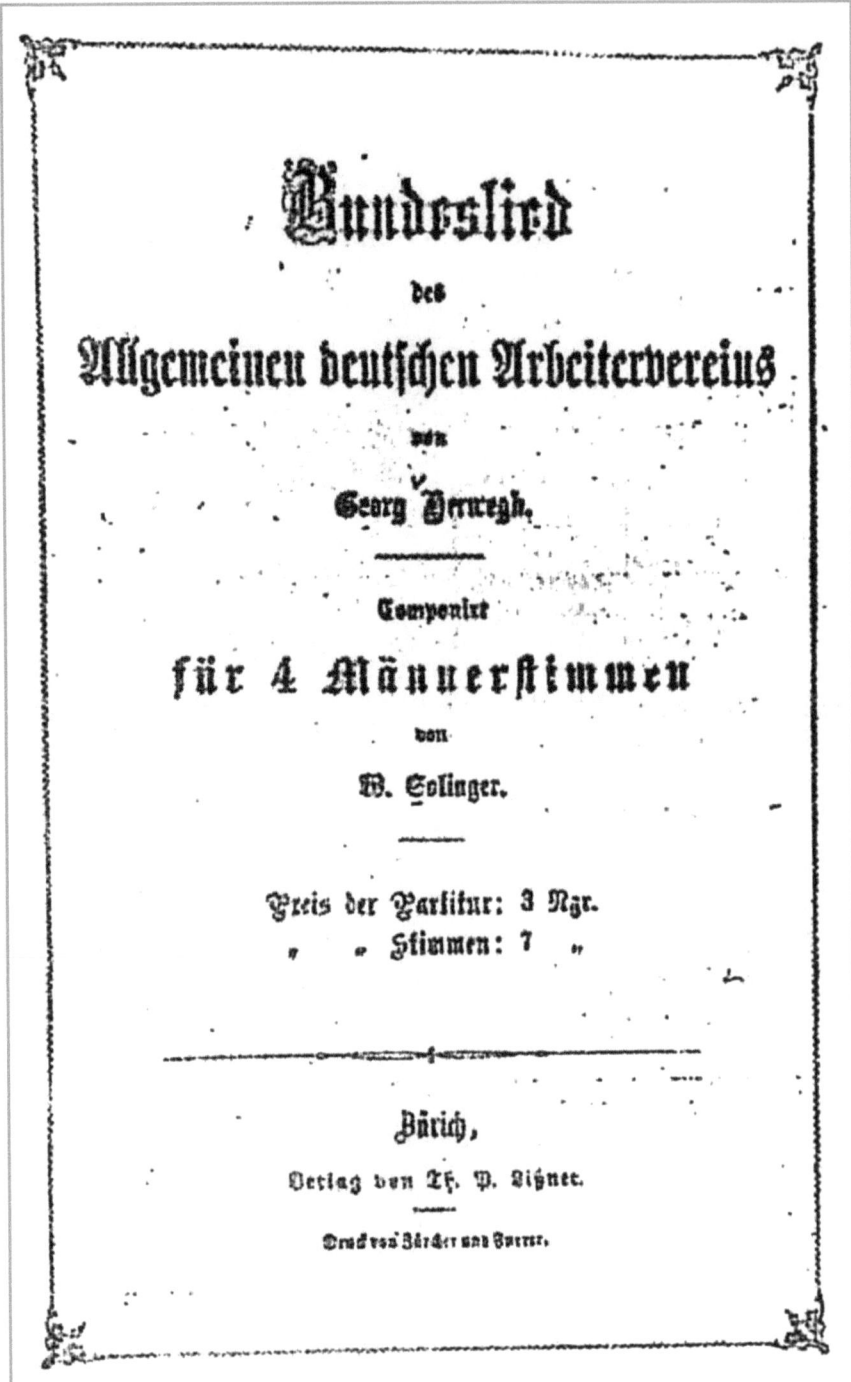

Bundeslied 1863

Gesangsvortrag *Bundeslied*[12]

„Bet und arbeit! ruft die Welt,
Bete kurz! denn Zeit ist Geld.
An die Türe pocht die Not -
Bete kurz! denn Zeit ist Brot.

Und du ackerst, und du säst,
Und du nietest, und du nähst,
Und du, hämmerst, und du spinnst -
Sag, o Volk, was du gewinnst!

Wirkst am Webstuhl Tag und Nacht,
Schürfst im Erz- und Kohlenschacht,
Füllst des Überflusses Horn,
Füllst es hoch mit Wein und Korn -

Doch wo ist dein Mahl bereit?
Doch wo ist dein Feierkleid?
Doch wo ist dein warmer Herd?
Doch wo ist dein scharfes Schwert?

Alles ist dein Werk! o sprich,
Alles, aber nichts für dich!
Und von allem nur allein,
Die du schmiedst, die Kette, dein?

Kette, die den Leib umstrickt,
Die dem Geist die Flügel knickt,
Die am Fuß des Kindes schon
Klirrt - o Volk. das ist dein Lohn.

Was ihr hebt ans Sonnenlicht,
Schätze sind es für den Wicht,
Was ihr webt, es ist der Fluch
Für euch selbst - ins bunte Tuch.

Was ihr baut, kein schützend Dach
Hat's für euch und kein Gemach;
Was ihr kleidet und beschuht,
Tritt auf euch voll Übermut.

Menschenbienen, die Natur,
Gab sie euch den Honig nur?
Seht die Drohnen um euch her!
Habt ihr keinen Stachel mehr?

Mann der Arbeit, aufgewacht!
Und erkenne deine Macht!
Alle Räder stehen still,
Wenn dein starker Arm es will.

Deiner Dränger Schar erblaßt,
Wenn du, müde deiner Last,
In die Ecke lehnst den Pflug,
Wenn du rufst: Es ist genug!

Brecht das Doppeljoch entzwei!
Brecht die Not der Sklaverei!
Brecht die Sklaverei der Not!
Brot ist Freiheit, Freiheit Brot!"

---

12   Text Georg Herwegh, Musik Hans von Bülow/Peter Heinz, http://de.wikipedia.org/wiki/Bundeslied

„Ein Arbeitskampf zeitigte gewichtige Folgen. Die Arbeiter der Lauensteinschen Waggonfabrik, siebenhundert an der Zahl, verlangten eine Verkürzung der von morgens fünf bis abends sieben Uhr währenden Arbeitszeit um eine Stunde bei Beginn. Der Inhaber versprach Erwägung der Angelegenheit, entließ jedoch am Wochenschluss den Sprecher, ein Mitglied des *Allgemeinen deutschen Arbeitervereins*. Da neue Verhandlungen sich zerschlugen, legten die Arbeiter am 2. Mai 1864 einmütig die Arbeit nieder. Nach 24 Stunden wurden die Forderungen bewilligt. Einigkeit macht stark! hieß es in einem Aufrufe der Hamburger Mitgliedschaft des *Allgemeinen deutschen Arbeitervereins*."

„Wir aber können uns nicht versagen, den braven Arbeitern der Lauensteinschen Wagenfabrik für ihren bewiesenen Mut und die feste Einmütigkeit, mit welcher dieselben in dieser Angelegenheit handelten, unseren herzlichen Dank darzubringen. Einigkeit macht stark, das haben diese 700 Braven bewiesen. Wie stark aber würde uns die Einigkeit machen, wenn sie uns zu Tausenden vereinte?!" Der einfachste und sicherste Weg sei der Anschluss an den Allgemeinen deutschen Arbeiterverein. „Denn dadurch würden wir uns nicht allein gegen Übergriffe und unmenschliche Forderungen unserer sogenannten Brotgeber schützen können, sondern, wenn alle Arbeiter das Ziel unserer großen Vereinigung wahrhaft begreifen und erfassen, würde das Verhältnis dessen, der da befiehlt und genießt, zu dem, der da arbeitet und darbt, bald ein anderes und die uns erdrückende Macht des Kapitals durch die unwiderstehliche Macht unseres vereinten Willens gebrochen werden."*13*

„So schritt in Hamburg die Bewegung rüstig fort. Am 1. August 1863 zählte die Gemeinde 220 und Ende August 1864, bei *Lassalles* Tod, 489 Mitglieder."14

„In Altona fand die erste öffentliche Arbeiterversammlung des *Allgemeinen deutschen Arbeitervereins* am 30. Mai 1864 statt. Die freundschaftlichen Zusammenkünfte fanden jeden Montag im Schumacheramtshause statt und dienten auch hier der Lektüre Lassallescher Schriften. Hauptversammlung hielt man alle vier Wochen ab. Dass die dritte Versammlung nach Verteilung eines Flugblattes von 350 Arbeitern besucht war, galt als ein günstiges Resultat."15

„*Lassalles* Absicht, sich bei der Rückkehr aus der Schweiz nach dem Norden zu begeben, wo sich im Gefolge des Krieges wider Dänemark die Herzogtümer Holstein und Schleswig soeben der gemeinsamen österreichisch-preußischen Verwaltung unterstellt sahen, war der Öffentlichkeit bekannt. Schon hatte die Presse der Fortschrittspartei, die *Reform*, selbst durch Reproduktion seines Bildnisses ihre Leser auf *Lassalles* Ankunft vorbereitet, da kam jäh und unerwartet die Kunde, den Gefürchteten habe im Duell zu Genf der tödliche Schuss getroffen."

„Die Totenfeiern, die die Mitgliedschaften von Harburg und Altona am 11. und 27. September 1864 abhielten, nahmen einen erhebenden Verlauf. Doch sie traten weit zurück hinter die große Demonstration der Hamburger Mitgliedschaft. Sie ging im *Colosseum* am 24. September vor sich. Mehr denn 2.000 Personen füllten

---

13   *Laufenberg I, S. 229*
14   *Laufenberg I, S. 231*
15   *Laufenberg I, S. 232*

Nach dem Duell, der tödlich getroffene Lassalle

den Saal, in dem Hunderte keinen Platz mehr fanden. Der Raum war in ungewohnter Weise geschmückt. Die hintere Hälfte mit schwarzem Tuch völlig behangen. Hoch ragend unter schwarzem mit weißen Girlanden geschmücktem Baldachin *Lassalles* umflortes, lorbeerbekränztes Bild. Zu den Seiten herabwallende Banner mit Inschriften. Auf dem einen der Satz des Arbeiterprogramms: „*Die Arbeiter sind der Fels, auf welchem die Kirche der Gegenwart gebaut werden soll*"; auf dem anderen die Worte des *Offenen Antwortschreibens*: „*Das allgemeine, direkte Wahlrecht ist die Grundbedingung aller sozialen Hilfe.*" Zu Füßen ein mächtiger Katafalk; neben ihm schwere und hohe, in Flor gehüllte Kandelaber, von Armleuchtern mit brennenden Kerzen gekrönt. Das Ganze ein majestätisches Totengerüst."[16]

Seine letzte öffentliche Rede hatte *Lassalle* in Ronsdorf im Rheinland gehalten, heute ein Stadtteil von Wuppertal. Sie mutet an, als hätte er seinen Tod vorausgesehen.

„Wie stark aber einer sei, einer gewissen Erbitterung gegenüber ist er verloren! Das kümmert mich wenig! Ich habe, wie Ihr denken könnt, dieses Banner nicht ergriffen, ohne ganz genau voraus zu wissen, dass ich dabei persönlich zugrunde gehen kann. Die Gefühle, die mich bei dem Gedanken, dass ich persönlich beseitigt werden kann, durchdringen, kann ich nicht besser zusammenfassen, als in die Worte des römischen Dichters: „Es oriare aliquis nostris ex ossibus ultur!" Möge, wenn ich beseitigt werde, irgendein Rächer und Nachfolger aus meinen Gebeinen auferstehen! Möge mit meiner Person diese gewaltige und nationale Kulturbewegung nicht zugrunde gehen, sondern

---

16   Laufenberg I, S. 233

die Feuersbrunst, die ich entzündet, weiter und weiter fressen, solange ein einziger von Euch noch atmet! Das versprecht mir! Und zum Zeichen dessen hebt Eure Rechte hervor."

„So hieß es in den Abschiedworten des großen Agitators an die rheinischen Freunde, was als *Ronsdorfer Schwur* in die Geschichte einging und der auf der Hamburger Totenfeier vorgetragen wurde."¹⁷

„Die Pausen zwischen den Reden hatten Musikvorträge ausgefüllt. Den Schluss machte ein Volksgesang. Die Klänge der *Marsaillaise* brausen durch den Saal, und die Menge fällt ein mit *Audorfs* Lied der deutschen Arbeiter, das, unter der Wucht

von *Lassalles* tragischem Ende entstanden wie eine gellende Fanfare mit neuer Energie ins Gefecht ruft, das Bannerlied fortan, das Sturm- und Siegeslied der deutschen Arbeiterschaft."¹⁸

---

17   Laufenberg I, S. 234
18   Laufenberg I, S. 235–45

Gesangsvortrag *Arbeitermarseillaise*:[19]

„1.

Wohlan, wer Recht und Wahrheit achtet,
zu unsrer Fahne steh allzuhauf!
Wenn auch die Lüg uns noch umnachtet,
bald steigt der Morgen hell herauf,
bald steigt der Morgen hell herauf!

Ein schwerer Kampf ist's den wir wagen,
zahllos ist unsrer Feinde Schar.
Doch ob wie Flammen die Gefahr
mög über uns zusammenschlagen,

Nicht zählen wir den Feind,
nicht die Gefahren all!
Der kühnen Bahn nun folgen wir,
die uns geführt Lassalle!

2.

Von uns wird einst die Nachwelt zeugen,
schon blickt auf uns die Gegenwart.
Frisch auf, beginnen wir den Reigen,
ist auch der Boden rauh und hart,
ist auch der Boden rauh und hart.

Schließt die Phalanx in dichten Reihen!
Je höher uns umrauscht die Flut,
je mehr mit der Begeisterung Glut
dem heiligen Kampfe uns zu weihen,

Nicht zählen wir den Feind,
nicht die Gefahren all!
Der kühnen Bahn nun folgen wir,
die uns geführt Lassalle!

3.

Auf denn, Gesinnungskameraden,
bekräftigt heut aufs neu den Bund,
dass nicht die grünen Saaten
gehn vor dem Erntefest zugrund,
gehn vor dem Erntefest zugrund.

Ist auch der Säemann gefallen,
in guten Boden fiel die Saat,
uns aber bleibt die kühne Tat,
heil aber bleibt die Tat,
heilges Vermächtnis sei sie allen.

Nicht zählen wir den Feind,
nicht die Gefahren all!
Der kühnen Bahn nun folgen wir,
die uns geführt Lassalle!"

---

19   *Nach der „Marseillaise" gedichtetes Lied von Jakob Audorf, 1864 für den Allgemeinen Deutschen Arbeiterverein (ADAV) geschrieben, eines der beliebtesten Arbeiterlieder im 19. Jahrhundert. http://de.wikipedia.org/wiki/Deutsche_Arbeiter-Marseillaise*

Wer waren nun diejenigen, die sich dem neuen Arbeiterverein anschlossen?
„1868 zählte die Organisation in Hamburg nach den Listen 909 Mitglieder aus 63 Berufen. Sieben Neuntel aller Teilnehmer gehörten vier Berufen an, nämlich: den Schneidern 245, den Tischlern 198, den Zigarrenarbeitern 169 und den Schuhmachern 111. Es sind die führenden Schichten des Revolutionsjahres 1848, die

selben - mit Ausnahme natürlich der Zigarrenarbeiter -, die in Streiks am Schluss des 18. Jahrhunderts im Vordergrunde standen, und auch um die Mitte des 19. Jahrhunderts in Bewegung gerieten."[20]

Im Mittelpunkt stand die Frage des allgemeinen Wahlrechts.

„Zum Erfolge einer proletarischen Partei gehörte vor allem die Parole des allgemeinen Stimmrechts. Schon die bevorstehende Lösung der deutschen Frage, die Erkenntnis, dass Preußen und Österreich sich über Schleswig-Holstein entzweien, *Bismarck* bei dieser Gelegenheit gezwungen sein würde, das allgemeine Stimmrecht in die Wagschale zu werfen, offenbart den scharfen politischen Blick, den *Lassalle* in dieser Frage bewahrte.

Und daneben waren es die Genossenschaften, oder wie man damals sagte, die Assoziationen mit Staatshilfe:

Die Assoziationen des Revolutionsjahres 1848, großenteils Produktivgenossenschaften, verkündeten das Recht des Produzenten auf die Produktionsmittel. Darin ruhte ihr revolutionärer Charakter. Aber jene Verkündung geschah in einer dem Handwerk entsprechenden Form. Die Assoziation war im Grunde eine Vereinigung kleingewerblicher Warenproduzenten. Darin, dass *Lassalle* sie zu einem Sammelruf für die neue Bewegung machte, lag allerdings bis zu einem gewissen Grade und im gewissen Sinne ein utopisches Moment."[21]

„Indem *Lassalle* Genossenschaften mit Staatskredit forderte, bemächtigte er sich des liberalen Agitationsmittels und übertrumpfte es, den springenden Punkt, der die Ökonomie der Arbeiterklasse von der der Bourgeoisie unterschied, die Betätigung der Staatsgewalt im Sinne und ökonomischen Interesse des Proletariats, in dem eigensten Mittel der Bourgeoise hervorkehrend."[22]

Widersprüchlich war die Position *Lassalles* zum Streik, zur Arbeiterkoalition, zur Gewerkschaft, wie sie später genannt wurde.

„Er billigt den geschilderten Streik in Lauensteinschen Waggonfabrik, rühmt, dass der Sprecher der Arbeiter ein Mitglied des *Allgemeinen deutschen Arbeitervereins* gewesen, freut sich des Erfolges der Arbeiter, den er für den *Allgemeinen deutschen Arbeiterverein* in Anspruch nimmt.

Dagegen habe er niemals verhehlt, „*dass das Streikrecht nur in wenigen und flüchtig vorübergehenden Ausnahmefällen gewissen Arbeiterkreisen eine Erleichterung bringe, niemals aber eine wirkliche Verbesserung der Lage des Arbeiterstande herbeiführen kann*". Mit anderen Worten: wirksam in gewissen Einzelfällen, ist das Koalitionsrecht unwirksam im Ganzen."[23]

Von besonderer Bedeutung war die Organisation des *ADAV*, die einer Diktatur des Präsidenten gleichkam.

„Die eigentliche Leitung des Vereins lag in den Händen des Präsidenten. Er be-

---

20	*Laufenberg I, S. 240*
21	*Laufenberg I, S. 243*
22	*Laufenberg I, S. 244*
23	*Laufenberg I, S. 246*

Ferdinand Lassalle

stimmte im Einzelnen seine politische Haltung und besaß geradezu plenipotentiäre Macht. In allen Fällen, die er für dringlich hielt, konnte er, *„vorbehaltlich der in drei Monaten einzuholenden Genehmigung des Vorstandes, alle Anordnungen treffen"*. Die Mitglieder des Vorstandes verurteilte schon die Zerstreuung über ganz Deutschland dazu, lediglich Repräsentanten der einzelnen Verbreitungsgebiete vor dem Präsidenten zu sein. Sie konnten sich nur schwer untereinander verständigen, und ihr Zusammentritt hing völlig vom Ermessen des Präsidenten ab.

Auch die Lokalbevollmächtigten ernannte er, die seinen Anweisungen Folge zu leisten hatten.

„Es muss überhaupt das Interesse der Mitglieder an einem Ort stets dem Interesse des ganzen Vereins untergeordnet werden. Die Pflicht des Bevollmächtigten ist es, vor allem hierauf genau zu achten, da hiervon das Bestehen des Vereins abhängig ist."

„Es war eine Form der Organisation, wo, wie *Lassalle* sagte, der Wille aller zusammen geschmiedet sei in einem einzigen Hammer, um damit zur gehörigen Zeit und am gehörigen Ort kräftig aufzuschlagen, die mit höchster Demokratie höchste Autorität verbindet."[24]

Mit der Gründung des *Allgemeinen deutschen Arbeitereins* ging ein breiter Aufschwung der Arbeiteraktivitäten einher.

„Als ein Hamburger Vorstadttheater die Arbeiterstreiks verspottete, pfiffen mehrere hundert Arbeiter an einem der folgenden Abende das Stück aus und erzwangen seinen Abbruch. Dabei kam es innerhalb und außerhalb des Theaters zu argem Tumult. Als man einen der Teilnehmer verhaftete, wurde er gewaltsam befreit und

---

24   *Laufenberg I, S. 248*

das beigezogene Militär durfte angesichts der nach Tausenden zählenden Menge vor dem Theater ein Einschreiten nicht wagen."25

Die aus Streiks hervorgegangenen verschiedenen Arbeiterorganisationen verabredeten sich zu einem großen Fest.

„Als die Streikflut sich verlief, suchte man den Gedanken der lokalen Zusammengehörigkeit erneut zu stärken. Am 6. August 1865 veranstaltete man ein Arbeiterverbrüderungsfest, das erste Gewerkschaftsfest, an dem die Korporationen, die Lohnerhöhung durchgesetzt hatten, sich beteiligen sollten. In aller Stille traf ein vom *Allgemeinen deutschen Arbeiterverein* ernanntes Komitee die Vorbereitungen. Zur festgesetzten Stunde nahmen die Arbeiterkorporationen Hamburgs und Altonas mit fliegenden Fahnen und klingendem Spiel auf dem Heligengeistfelde in festgesetzter Reihenfolge Aufstellung.

Der Social-Demokrat, 1865

Der Zug musterte dem *Sozialdemokrat* zufolge 15.000 bis 16.000 Teilnehmer. Es eröffneten ihn die Mitglieder des *Allgemeinen deutschen Arbeitervereins* von Hamburg und Altona, nächst ihnen die Mitglieder der Arbeiterunterstützungskasse; dann folgten die Berufskorporationen der Schuhmacher, Maurer, Tischler, Zigarrenarbeiter, Schlosser, Zimmerleute, Maler, Bäcker, vereinigten Arbeitsleute, Drechsler, Haartuchweber, Arbeiter der Wollgarnfabriken, Küper, Instrumentenmacher, der *Allgemeine Arbeiterverein* nach *Schulze-Delitzsch*, Schlachter, Korbmacher, Stuhlmacher, Hilfsleute, Vergolder, Bronzearbeiter. Den Beschluss machte das imposante Korps der Schneider. Verschiedene Liedertafeln, sieben Musikkorps, über 120 Fahnen und Standarten gaben den Kolonnen ein festliches Ausse-

---

25 *Laufenberg I, S. 266*

hen. Von zahllosen Zuschauern gefolgt, marschierte der Zug über die Grindelallee nach einer Wiese am Eppendorfer Wege, wo Erfrischungszelte und Büfette hergerichtet waren. Der Eingang zeigte die charakteristische Inschrift: *„Der Gott, der Eisen wachsen ließ, der wollte keine Knechte! Der Weg, den er uns gehen hieß, der führt zum Rechte. Seid einig, einig, einig!"*[26]

Jakob Audorf der Ältere,
1807-1891, Haartuchweber

Auf ein Trompetensignal scharte alles sich um eine Rednertribüne; die erste Ansprache hielt der Veteran der Arbeiterverbrüderung von 1848, der alte *Audorf*. *Schallmeyer*[27] brachte ein Hoch den Manen *Lassalles*, dem *Allgemeinen deutschen Arbeiterverein* und der *Verbrüderung* der Arbeiter. Darauf begann während zweier Stunden ein buntes Treiben unter den Zelten. Auf ein Trompetensignal scharten die Korporationen sich erneut um ihre Banner und zurück ging es in gleicher Ordnung zur Stadt, wo der Zug sich auf dem Zeughausmarkte auflöste."[28]

„Damals schrieb ein gegnerisches Blatt:

„Die Lassalleaner sind in den Augen der meisten Besitzenden gleichgestellt mit Strolchen, Strauchdieben, Wegelagerern, kurz mit Menschen, welche, behaftet mit tierischen Leidenschaften, auf nichts anderes ausgehen, als alle gesellschaftliche Ordnung gewaltsam zu zerstören und uns zur Barbarei einer wilden Pöbelherrschaft zurückzuführen."

---

26   *Ernst Moritz Arndt, Vaterlandslied, 1812*
27   *Führender Hamburger Sozialdemokrat und Gewerkschafter*
28   *Laufenberg I, S. 270*

Ein Gedicht an Hamburgs Wähler: aus den *Hamburger Nachrichten* vom Januar 1867:

„Was einst in Frankreichs großer Zeit die Damen leisteten der Halle,
Das leisten heutzutage sie, die großen Schüler von Lassalle:
Gewaltig ist der Gründe Macht, mit denen sie die Gegner schlagen,
Und den, der anderer Meinung ist, zur Tür auf ihren Händen tragen.
Wozu auch noch ein Kaufmannsstand? fragt jeder Proletarier keck,
Wir sind der Staat, wir ganz allein, und wählen Audorf, Perl[29] *und Beck.*

Sie sind des Volkes bester Kern, nicht überflüss'gen Wissens Prahler,
Von der Kultur noch nicht beleckt, dagegen prompte Steuerzahler,
Nicht von der Bildung übertüncht, der Logik kräftig widerstrebend,
Doch voll Gefühl des eigenen Werts von Hoffnung auf Staatshülfe lebend;
Nicht nur für sich verlangen Sie – die Mäuse fängt man ja mit Speck –
Diäten für das ganze Volk erstreben Audorf, Perl und Beck.

Die Zeit zu handeln ist jetzt da; wir brauchen einen „ganzen Kerl",
Und welchen besseren fänden wir als unseren hochbegabten Perl?
Wer weiß wie Audorf besser wohl, was ihm und was uns allen fehlt,
Wer hat wie er um unser Wohl so oft umsonst sich abgequält?
Schart Euch um sie! Die Losung heißt: Frei bis zum duft'gen Hundebeck!
Lassalle hoch und dreimal hoch, noch höher Audorf, Perl und Beck!"[30]

Im Jahre 1868 wurde der Kongress des *Allgemeinen deutschen Arbeiter-Vereins* nach Hamburg einberufen.

„Der Kongressort, betonte Verbandspräsident *Schweitzer* in seiner Ansprache, sei gewählt, *„um im Namen des Vereins dadurch den Hamburger Mitgliedern für ihre sowohl durch strengste Ordnung wie durch Prinzipientreue, Tatkraft und Opferwilligkeit ausgezeichnete und für den ganzen Verein mustergültige Haltung eine Ehre zu erweisen. Hiermit steht im Zusammenhang, dass nirgends mehr als in Hamburg, wo unsere Parteisache so gefügt und so blühend dasteht, die Generalversammlung in einer unseres Vereins und seiner großen Zwecke würdigen Weise stattfinden kann."* Der Empfang der Delegierten am 22. August 1868, die 36 an der Zahl, 83 Orte und 7.274 Mitglieder vertraten, wie der äußere Verlauf der ganzen Veranstaltung waren glänzend. Die Vorfeier im Sagebielschen Etablissement vereinigte über 6.000 Personen und mehrere tausend wogten vor dem Lokal auf den Straßen."[31]

Wir kommen noch einmal zurück auf die Firma Lauenstein, bei der es 1869 einen weiteren erbitterten Arbeitskampf gab. Im Grundsatz war eine Einigung erzielt worden, die Unternehmensleitung, die zahlreiche Streikbrecher eingestellt hatte, weigerte sich jedoch, alle Streikenden wieder einzustellen und bestand darauf, in jedem Einzelfall über die Wiederbeschäftigung zu entscheiden.

---

29 *August Perl, führender Hamburger Sozialdemokrat und Gewerkschafter*
30 *Laufenberg I, S. 322*
31 *Laufenberg I, S. 354*

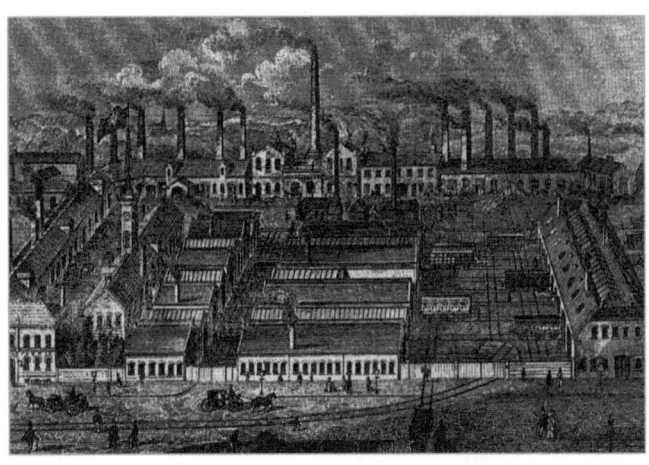

Lauensteinsche Waggonfabrik

„Um 7 Uhr abends kamen die ausgesperrten Arbeiter vor das alte Lauensteinsche Etablissement an der Ecke der Repsold- und Spaldingstraße. *„Da schien es, als fahre ein elektrischer Funke in die Trostlosen, abgezehrten Arbeiter, und als das Fabrikglöcklein Feierabend läutete, da ertönt ein Hurra, Hurra und im Sturme ging es in das Innere des Fabrikgebäudes. Einzelne Komitee-Mitglieder wollten es verhindern, aber die Wut aus langer Entbehrung entstanden, wurde zur Leidenschaft."* Die noch in der Fabrik Arbeitenden trafen auf die Einstürmenden; es entbrannte ein hitziger Kampf. *„Alle Instrumente und Zylinder, was sich nur vorfand, ist zertrümmert worden. Acht Mann liegen im Krankenhause."* Als das Werk getan, trennte sich der Haufe. Die eine Hälfte zog nach Hause des Gastwirts *Schneider*, der die Vermittlung der ausländischen Streikbrecher übernommen hatte. Im Untergebäude riss man Türen und Fenster aus, warf Möbel, Uhren, Flaschen, Seidel, was einem jeden in die Hände fiel, auf die Straße, wo die Zerstörung ihre Vollendung fand. Unterdess erreichte der andere Trupp die neuen Fabrikgebäude in Rothenburgsort und damit die Wohnung des Direktors. Auch hier nahm das Werk der Zerstörung seinen Fortgang, ganz überwiegend in der Wohnung des Direktors, dessen man besonders habhaft zu werden suchte und den man in allen Schränken und Kasten suchte. Da die Nacht hereingebrochen, gelang ihm die Flucht. Dabei musste er zwei Planken überspringen, die Wohnung und Hofraum vom Freien trennten. beim zweiten Sprung kam er zu Fall. Als ein Arbeiter, der früher in der Fabrik beschäftigte achtundzwanzigjährige Schmied *Wonsel*, ihm hilfreich beispringen wollte, zog er den Revolver und schoss ihn, den er für einen Angreifer hielt, nieder. *„Die ganze Stadt ist in großer Aufregung und die Konstabler haben nichts erfahren; erst als alles vorüber war, kamen sie und bewachen jetzt die Ruinen."*

Die Vorgänge fanden Donnerstag, den 9. September 1869 noch ein blutiges Nachspiel. Die Mitgliedschaft des *Allgemeinen deutschen Arbeitervereins* wollte abends im St. Georger *Tivoli* eine freundschaftliche Versammlung abhalten, zu der auch Fremde Zutritt haben sollten, wurde darin jedoch vom persönlich erschienenen Senator *Petersen* gehindert. Es kam, wiewohl die Leiter der Versammlung zum sofortigen Nachhausegehen aufgefordert hatten, auf der Straße zu Menschenansammlungen, die schließlich nach dem Lauensteinschen Fabrikgebäude in der

Spaldingstraße zogen, das von mehreren hundert Polizisten besetzt war. Auch hier erschien spät am Abend der Polizeichef. Ein Zusammenstoß der Polizei mit der Menge hatte eine große Zahl von Verwundungen und Verhaftungen zur Folge. In den folgenden Tagen fuhr man mit den Verhaftungen fort; auch das Streikkomitee wurde in das Gefängnis gesetzt. Wenige Tage darauf wurde der erschossene Schmied, der Vater von sechs Kindern und Mitglied des *Allgemeinen deutschen Arbeitervereins* war, unter großer Beteiligung - mehr denn 3.000 gaben ihm das Geleit - zu Grabe getragen."[32]

Die Polizeiübergriffe gegen alle Arbeiterorganistionen wurden immer härter und unerbittlicher.

„Das Vorgehen der Behörden rief Verbandspräsident[33] *Schweitzer*, der sich auf einer längeren Organisationsreise durch Deutschland befand, nach dem Norden.

Der Einzug in Hamburg am Sonntag, 14. November 1869, überbot die bisher veranstalteten Demonstrationen. „Bei 10.000 Personen mochten sich am Bahnhofe eingefunden haben. Schweitzer fuhr „im offenen Wagen, geleitet von der ganzen Menge, unter beständigen Hochrufen und Volksgesängen" zu *Streits Hotel*, wo ihm ein größeres Ständchen gebracht und Ansprachen gehalten wurde und *„trotz der anfangs strömenden Regens die ganze Menge auf dem Platze vor dem Hotel versammelt blieb"*. Auch die Versammlungen in Kiel, in Altona am 18. November, in Neumünster verliefen unter starker Beteiligung. In Harburg wurde *Schweitzer* von einem großen Zuge von roten Fahnen in die Stadt geholt.

Die Auslieferung des Hamburger Sozialdemokraten *Schallmeyer* an die preußische Justiz löste großes Aufsehen aus. Jedoch wurde er freigesprochen."[34]

„Die Rückkehr des in Berlin inhaftierten *Schallmeyers* - Schweitzer begleitete ihn - gestaltete sich zu einer Demonstration, wie Hamburg sie noch nicht gesehen hatte. Kurz nach sieben Uhr des Abends begann die Gegend des Berliner Bahnhofes sich mit Arbeitern aller Berufe zu füllen, darunter Greise, Frauen und Kinder, die den entfernter Wohnenden das Abendbrot mitbrachten. Von Viertelstunde zu Viertelstunde schwoll die Masse gewaltiger an, während zu gleich eine zahlreiche Menge vor dem Versammlungslokal harrte. Beim Eintreffen des Zuges war die Menge am Bahnhofe und in den angrenzenden Straßen sicher auf über 20.000 Mann gestiegen. Die Musikchöre der Lauensteinschen Arbeiter und der Schiffszimmerleute nahmen die Ankömmlinge in Empfang. Dann ging es durch die Stadt. „Mit genauer Not konnte für das Fortkommen der Droschke, welche die Ankömmlinge enthielt, gesorgt werden. Oftmals wurde dieselbe vom Andrang der Masse gehoben. Unter Jubel, aber völlig in den Schranken des Anstandes wälzte sich die Menschenmenge dem Versammlungslokale zu; dort angekommen, war für die Neuankommenden kein Platz mehr vorhanden; der Saal, wie gepfropft voll er war, fasste höchstens 6.000 bis 7.000 Personen."[35]

---

32   Laufenberg I, S. 373
33   *Verbandspräsident des Allgemeinen Deutschen Arbeitervereins, von Schweitzer war der Nachfolger Lassalles*
34   Laufenberg I, S. 411
35   Laufenberg I, S. 420

Der deutsch-französische Krieg 1870/71 hatte die Sozialdemokraten in ihrer Stellungnahme zunächst gespalten, die Lassalleaner unterstützen die deutsche Kriegspartei.

„Eine Volksversammlung, die am 7. September 1870 in Altona tagte, nahm eine Resolution an, mit dem Sturze *Napoleons* müsse auch in Deutschland der Ruf nach Frieden ertönen. Zu der am 10. September 1870 stattfindenden *Lassalle*-Totenfeier in Altona fanden sich auch Hamburger Parteifreunde zahlreich ein; insgesamt beteiligten sich 2.000 Personen. Gleich zu Beginn der Feier mussten alle Fahnen und Banner, die die Inschrift des *Allgemeinen deutschen Arbeitervereins* führten, auf Anordnung der überwachenden Beamten entfernt werden."[36]

„Eben war der Reichstags-Wahlkampf beendet, als, mit Jubel begrüßt, die Kunde von der Proklamierung der Kommune zu Paris eintraf. Es fand in Altona am 1., in Hamburg am 13. April 1871 je eine zahlreich besuchte Versammlung statt, die sich für die rote Republik aussprach, ein Geschehnis, das die liberale Presse Hamburgs mit wütenden Glossen begleitete."[37]

Der polizeiliche Druck auf die Organisationen der Arbeiterschaft und ihre Funktionäre wurde fortlaufend verstärkt. Von freier öffentlicher Diskussion konnte keine Rede mehr sein.

„Als in einer öffentliche Mitgliederversammlung Ende Juli 1872 über die kirchliche Ehe, das Wesen der Großproduktion und den unlängst ausgebrochenen Streik der Berliner Maurer gesprochen werden sollte, beschied die Polizeibehörde den Antragsteller *Hörig*, es dürfe nicht gesprochen werden über Kirche, Staatswesen, Sozialismus und jetzige Gesellschaft; erlaube er sich nochmals, an diesen Punkten Kritik zu üben, so werde die Polizei Sorge tragen, dass er ferneren Versammlungen nicht mehr präsidiere. Ein schallendes Gelächter der zahlreich Versammelten und derbe Kritik bildeten die Antwort. Darob begann die Polizei, das Halten von Vorträgen vollends unmöglich zu machen. So beschloss die Hamburger Versammlung, für die nächste Zeit aus *Lassalles* Schriften Vorlesungen zu veranstalten und mit dem Vortrage „*Macht und Recht*" zu beginnen, der am meisten zeitgemäß sei und wunderschöne Erläuterungen und Nutzanwendungen zulasse."[38]

Am 20. Januar 1872 kam der neue ADAV-Präsident *Hasenclever* nach Altona.

„Der *Hasenclever* bereitete Empfang, die erste große Demonstration der Partei in Altona, wurde für die Polizei zu einer ebenso jähen wie peinlichen Überraschung. Dem *Neuen Sozialdemokrat* zufolge begrüßten ihn 12.000 bis 15.000 Menschen in enthusiastischer Weise. Bahnhofplatz und Nachbarstraßen waren mit bengalischen Flammen wie übersät, die auf den Wegen, an Türen und Fenstern leuchteten. Unter fortwährenden Hochrufen begleitete ein gewaltige Menge Hasenclevers von zwei Schimmeln gezogenen Wagen. *„An allen Straßenecken, welche der Zug passierte, standen Hunderte von Parteifreunden, welche mit Jubel den Vorbeidefilierenden empfingen."*

36	*Laufenberg I, S. 440*
37	*Laufenberg I, S. 452*
38	*Laufenberg I, S. 465*

Wilhelm Hasenclever, 1837 - 1889

Wer beschreibt das allgemeine Erstaunen, als sich am anderen Morgen die Nachricht verbreitete, *Hasenclever* und der Altonaer Sozialdemokrat *Winter* seinen verhaftet, der letztere als „Führer des Tumultes" vom Abend zuvor. Montags, nach einer Haft von 36 Stunden, kamen die Verhafteten vor den Richter; *Hasenclever* wurde beschuldigt, er habe sich an der Spitze einer vorbereiteten Demonstration langsam fahren lassen, und *Winter*, die ganze Geschichte eingefädelt zu haben. Jener erhielt eine Geldstrafe von 20 Talern, dieser eine Gefängnisstrafe von 8 Tagen."[39]

„Wiederholt hatten die Lassalleaner große Volksfeste veranstaltet. In Beidenfleth beispielsweise fanden sich bei der Taufe eines Schiffes auf den Namen *Lassalle* an fünf Tausend Personen ein. Aber wiederum war die Rechnung ohne die Regierung zu Schleswig gemacht. Sie wies die Polizei darauf hin, dass bei solchergestalt Veranstaltungen die Voraussetzung des Gesetzes, Gefahr für öffentliche Sicherheit und Ordnung, stets gegeben sei, *„da die Tendenz dieser Partei eine der bestehenden Ordnung feindliche ist und derartige Aufzüge lediglich dazu dienen sollen, durch das damit verbundene Gepränge oder Aufsehen der Partei Anhänger zu verschaffen, die ihr entgegenstehenden besseren Elemente zu terrorisieren und nötigenfalls durch Anwendung von Gewalt ihrem Willen Geltung zu verschaffen"*. Es müsse nebenbei selbst der Schein vermieden werden, als ob das Treiben der Sozialdemokratie sich einer gewissen Billigung seitens der Behörden beziehungsweise der Staatsregierung erfreue.[40]

---

39   *Laufenberg I, S. 468*
40   *Laufenberg I, S. 472*

„Da bei dem ruhigen Verlauf und der Beliebtheit, deren sich die sozialdemokratischen Volksfeste erfreuten, die Maßregel weite Kreise befremden musste, glaubte die Regierung zu Schleswig, sich zu einer öffentlichen Erklärung verstehen zu sollen. Zunächst wurde der Arbeiterpartei vorgeworfen die Verherrlichung der *„blutigen Verbrechen, welche die Kommune in Paris in den Märztagen 1871 verübt hat: Raub, Plünderung, Erpressung, Mord, Völlerei, Brandstiftung"*. Alles was den Mitbürgern *„ehrwürdig, heilig, lieb ist, das Vaterland, der Thron, der Altar, Sitte und Gesetz"* wollen sie umstürzen, *„an die Stelle des häuslichen Herdes die Bierbank setzen, Besitz und Eigentum auflösen"*, die Arbeit zum Spielball der Parteiführer machen. *„Es ist die rote Republik, deren Einführung die Sozialdemokratie erstrebt, die rote Republik, deren ausgesprochener Zweck es ist, die Auslieferung des Eigentums, des mühsamen Erwerbes langer und schwerer Arbeit zur Verteilung auch an diejenigen in Anspruch zu nehmen, die nicht gearbeitet, nicht erworben haben."*[41]

Zum Verständnis der nächsten Geschichte muss man wissen, dass Frauen die Teilnahme an Mitgliederversammlungen politischer Vereine in den deutschen Staaten verboten war, ihre Anwesenheit grundsätzlich zur Auflösung der Versammlung durch den überwachenden Polizeibeamten führte. Und mit den Sedanfeiern feierte das Bürgertum den Sieg in der entscheidenden Schlacht des deutsch-französischen Krieges von 1870/71.

„Nach *Hasenclevers* Anordnungen bestanden in Schleswig Holstein keine Mitgliedschaften des *Allgemeinen deutschen Arbeitervereins*. Es gab nur Einzelmitglieder, die gemeinsam ihre Beiträge nach Berlin sandten, und die frühere Mitgliederversammlung hieß in Preußen Parteiversammlung. In ihr pflegten sich zu Altona auch Frauen einzufinden, zuletzt an die 150; stellten doch die Versammlungen für die Tabakarbeiterinnen zugleich eine Art Arbeitsbörse dar, wo man sich nach Arbeit oder besserer Arbeit erkundigte. Die Polizei verbot nun, und zwar zuerst bei der Lassalle-Totenfeier 1872, die Anwesenheit der Frauen. Entweder diese würden wegbleiben, oder es dürfe keine Festrede gehalten werden. *Winter* entschied, verdirbt man uns die Totenfeier, verderben wir die Sedanfeier. Und so geschah es. Eine Versammlung wurde anberaumt, die der Auflösung verfallen sollte. Die Stühle der ersten Reihen, sonst von Frauen besetzt, blieben demonstrativ leer. Sei die Versammlung bis halb Zehn nicht aufgelöst, so sollten die Stühle der Frauen besetzt und so die Auflösung herbeigeführt werden. Als aber *Richter*[42] zur festgesetzten Zeit in besonders grellen Farben die Brutalität des Krieges schilderte, löste der überwachende Beamte in der Tat die Versammlung auf.

Nun planten die Altonaer Bürger einen Fackelzug, an dem um 10 Uhr von Pinneberg zurückkehrende Gymnasiasten teilnehmen sollten. Die Versammlung verließ *Wittmacks Salon* und marschierte in drei unterwegs erheblich verstärkten Zügen durch verschiedene Straßen nach dem Bahnhofe, an der Spitze des Hauptzuges der Zigarrenarbeiter *Johann Hasselmann*, ein Mann von herkulischer Körperkraft. Bald staute sich vor dem Bahnhofe und in den Nachbarstraßen eine dichte Menschenmasse. Als nun die Gymnasiasten, von Kriegern und Patrioten erheblich verstärkt, mit ihren Fackeln sich in Bewegung setzten, drängte die Menge sich in den

---

41   *Laufenberg I S. 473*
42   *Ernst Bernhard Richter, bekannter sozialdemokratischer Redner*

Zug, der an einem vorher bestimmten Orte auf neue Volksmassen stieß, indes ihm von der anderen Seite Volksmassen jeden Rückzug absperrten. *„Eine erstaunliche Masse Volk hatte sich sowohl der Vorhut wie der Nachhut bemächtigt und marschierte außerdem zu Tausenden inmitten des Zuges aus voller Kehle die Marseillaise singend."* Die begleitende Militärmusik brachte es nur zu einem Katzenkonzert. In den Hof des Gymnasiums drangen die Menschenmassen von der Straße nach. Indes hier die Fackeln zusammengeworfen wurden, die Damen und Kinder in die Fenster des Gebäudes kletterten, dessen Türen ängstliche Gemüter von innen verschlossen hatten, endete der Sedanstag mit einem Hoch auf die *Pariser Kommune* und dem 2.000stimmigen Gesang der *Arbeitermarseillaise*. Es war die zweite Straßendemonstration in Altona.

Die Polizei von Altona wusste sich nicht anders zu helfen, als dass sie wochenlang jede Vereinsversammlung verbot. Die Totenfeiern fanden später in gewohnter Weise statt; eine Sedandemonstration hat man bis zum Erlass des Sozialistengesetzes nicht wieder versucht."[43]

Der obrigkeitliche Druck machte die öffentliche Parteiarbeit immer schwieriger.

„Die Sachlage veranlasste den Vorstand des *Allgemeinen deutschen Arbeitervereins*, auf den 5. und 6. Januar 1873 eine Vorstandssitzung nach Hamburg zu berufen. Am Vorabend derselben fand im englischen Garten zu Altona eine von ca. 7.000 Personen besuchte Volksversammlung statt, in der *Hasselmann*[44] über die Schäden der kapitalistischen Gesellschaft und den Sozialismus sprach. Nächst ihm sprach u.a. auch *Karl Frohme*,[45] der von *Hasenclever* der Versammlung als *„Frohme aus dem Gefängnis"* vorgestellt wurde."[46]

„Begeistert erneuerten die Anwesenden den *Ronsdorfer Schwur* um dann einstimmig zu erklären: *„Wir wollen kämpfen für die Menschenrechte mit aller Kraft und Aufopferung, und dieser Kampf lässt sich nur dann erfolgreich führen, wenn die Arbeiter unverbrüchlich festhalten an Lassalles Prinzip und der Organisation des Allgemeinen deutschen Arbeitervereins ohne nach links oder rechts vom vorgezeichneten Wege einen zollbreit abzuweichen."*[47]

„Ob der agitatorischen Erfolge stieg die Erbitterung der Gegner. Ein Blatt meinte, die Anhänger und Überläufer der Sozialdemokratie seien meist keiner Belehrung fähige Dummköpfe. *„Formieren wir Streiks! lasst dem Schneider die Nadel verrosten und dem Schuster den Pfriemen!"* Die Polizei steuerte den bekannten Kurs. Versammlungen, die zum 18. März, als dem Jahrestag der *Kommune*, angemeldet wurden, verbot die Hamburger Polizei bei 100 Talern Strafe: der 18. März sei ein Tag, *„an welchen sich so manches leidvolle Ereignis knüpft"*.[48]

Schulz-Altona bezichtigte man des gewerbsmäßigen Buchhandels, weil er eine Broschüre, die er für einen Schilling gekauft hatte, zum gleichen Preise wieder einem Genossen überließ. Er wurde freigesprochen, während der Staatsanwalt eine

---
43   *Laufenberg I S. 475*
44   *Redakteur der Zeitung des ADAV Der Social-Demokrat*
45   *Sozialdemokratischer Zeitungsredakteur und Reichstagsabgeordneter, 1850 - 1933*
46   *Laufenberg I S. 513*
47   *Laufenberg I S. 514*
48   *Laufenberg I S. 530*

August Bebel   *Wilhelm Liebknecht*

Geldstrafe von 64 Talern beantragte. *„Hier in Altona halten die Lassalleaner jede Woche auf dem Kreisgericht bei gefüllten Räumen Versammlungen ab, denn es sind in diesen zwei Monaten schon vier Prozesse erledigt. Aber glücklicherweise schweben über den Häuptern von neun Rädelsführern noch 16 Prozesse."*[49]

„Schier unglaublich mutet die Verhandlung wider *Wehrenberg* an. Am 14. Dezember 1873 sprach er in Barmstedt unter großem Beifall über die bevorstehende Reichtagswahl und die Lehren *Lassalles*. In der an ihm gewohnten Weise erzählte er in plattdeutscher Mundart u.a. von seinen Kriegserlebnissen im Jahre 1866, schilderte, wie man ihn einst gegen preußische Landwehrmänner getrieben, die vielleicht Familienväter gewesen. Damals habe man ihn tapfer genannt. Jetzt aber sei er zu der Einsicht gekommen, wie alle Arbeiter Brüder seien, denen angesichts der herrschenden politischen und wirtschaftlichen Verhältnisse Einigkeit Not tue. Nach dem Vortrag hieß ihn der Gendarm, ihm zum Bürgermeister zu folgen, wo er sofort in Haft genommen wurde. Aufgrund des Berichts des überwachenden Gendarmen stand er am 17. April 1874 nach einer Untersuchungshaft von vier Monaten vor dem Schwurgericht zu Altona. Die Anklage bezichtigte ihn der Vorbereitung des Hochverrats, in dem sie ihm folgende Äußerungen in den Mund legt: *„Vom heutigen Staat wollen wir keine Staatshilfe; wir wollen eine Republik gründen mit einem Präsidenten an der Spitze; wir brauchen keinen Hofstaat des Kaisers, der uns täglich 20.000 Taler kostet: wir fürchten die Bajonette nicht; wenn man uns diesen gegenüber stellt, werden wir den Soldaten die Hand reichen, diese werden dann in die Luft schießen. Ich bin auch Soldat gewesen, und wenn ich wieder einberufen werde, werde ich gleichfalls in die Luft schießen."*[50]

„Ein Übermaß von Polizeiwillkür griff Platz. Dem Bevollmächtigten für Eimsbüttel, *Hollmann*, der hier gemeinsam mit *Georg Blume* Anfang 1874 eine Mitgliedschaft des *Allgemeinen deutschen Arbeitervereins* ins Leben rief, deren Mitgliederzahl am Jahresschluss auf 200 Köpfe angegeben wird, untersagte der Polizeisenator *Petersen* die Abhaltung einer Versammlung am zweiten Ostertage, weil sich dann

---

49   *Laufenberg I S. 531*
50   *Laufenberg I S. 547*

August Geib *Friedrich Engels*

die Arbeiter mit anderen Dingen zu beschäftigen hätten. In Hamburg verfielen Versammlungen der Auflösung, weil das Verhalten der bürgerlichen Presse am Sedantage kritisiert wurde. In einer anderen Versammlung verbot der überwachende Beamte die Wahl des Büros, weil sie nicht auf der Tagesordnung stehe und löste die Versammlung auf, als man sein Verhalten kritisierte. In Altona kam es zu Versammlungsauflösungen, als zum Abonnement auf die Lassallesche Westentaschen-Zeitung aufgefordert wurde. Das Absingen der *Arbeitermarseillaise* bei Verlassen von Versammlungen wurde verboten. Zu Ottensen löste man am 11. September 1874 eine Versammlung auf, als der Redner in seinen ersten Worten den Ausdruck Lassalleaner gebrauchte."[51]

Bisher haben wir verschwiegen, dass es damals nicht nur die Lassalleaner in der Arbeiterbewegung gab. Als zweite Richtung hatten sich die nach ihrem Parteigründungsort benannten Eisenacher konstituiert, für die Namen wie August Bebel und Wilhelm Liebknecht, in Hamburg-Harburg August Geib und Theodor York und in London Karl Marx und Friedrich Engels standen. Alle wechselseitigen Feindseligkeiten und Abneigungen waren aber der Polizei gleichgültig, die beide Richtungen gleichermaßen unterdrückte. Und so kam es schließlich 1875 mit dem Parteitag in Gotha zum Zusammenschluss der beiden Richtungen zur Sozialdemokratischen Arbeiterpartei Deutschlands. Der entscheidende Anstoß dazu kam wieder aus Hamburg.

„Da trat das wirkliche Volk auf den Plan. Auf Anregung der Eisenacher berief Vater zum 8. April 1875 eine Versammlung, die von 7.000 Personen besucht war. Zuerst kritisierte Geib das Militärgesetz in einstündiger Rede, worauf eine gegen dasselbe und das Vorgehen *„einer Clique von Hamburger Börsenleuten gerichtete Resolution zur Annahme gelangte; sei das Vorgehen doch darauf gerichtet, die jetzigen militärischen Zustände Deutschlands nicht nur zu verewigen, sondern auch in freiheitsfeindlichem Sinne zu kräftigen"*. Nach Geib sprach Hasselmann ebenfalls über das Militärgesetz, die Stellung des Reichstages dazu behandelnd. Dann folgte der Lassalleaner Reimer mit einer Rede über das Kontraktbruchgesetz. *„Seit Jahren war*

---

51   Laufenberg I S. 549

dies die erste Versammlung, in welcher beide Arbeiterfraktionen friedlich zusammenwirkten, zugleich auch war es eine der großartigsten Versammlungen, welche seit Jahren hier stattgefunden haben."[52]

Das in Gotha verabschiedete Programm war ein mühsamer Kompromiss, von den Puristen beider Seiten heftig kritisiert, und auch Marx hat in seinen „Randglossen zum Gothaer Programm" nicht mit Kritik gespart, um dann aber doch zu der richtigen Folgerung zu kommen: Ein Schritt realer Bewegung ist wichtiger als ein Dutzend Programme.

Und das waren die zentralen Aussagen des Programms:

„Die Befreiung der Arbeit muss das Werk der Arbeiterklasse sein, der gegenüber alle andern Klassen nur eine reaktionäre Masse sind."

Zur Anbahnung der Lösung der sozialen Frage verlangte man *„die Errichtung von Produktivgenossenschaften mit Staatshilfe unter der demokratischen Kontrolle des arbeitenden Volkes. Die Produktivgenossenschaften sind für Industrie und Ackerbau in solchem Umfange ins Leben zu rufen, dass aus ihnen die sozialistische Organisation der Gesamtarbeit entsteht."*[53]

Die praktischen Forderungen des Programms liefen auf völlige Demokratisierung des Staates, eine umfassende Arbeiterschutzgesetzgebung und Sicherung des unbeschränkten Koalitionsrechts hinaus.

„Die Arbeiterschaft begrüßte die Einigung mit lautem Jubel. Am 14. August 1875 fand ein großes Einigungsfest in Hamburg, kurz zuvor ein solches in Altona statt. Auch in den anderen Orten wurde das Ereignis festlich begangen."[54]

„Nach den Reichstagswahlen und während der Einigungsverhandlungen ging die Führung im Norden wiederum entschieden an Hamburg über. Die Abonnentenziffer des Neuen Sozialdemokrat im ersten Quartal des Jahres 1876 stieg hier auf 2.951, während Altona 2.459, Harburg 208, Wandsbek 192 Abonnenten aufweisen; insgesamt kamen auf das Städtegebiet und die Provinz über 7.000 Abonnenten."[55]

Liebe Genossinnen und Genossen,

die Arbeitermarseillaise blieb noch lange das Lied der deutschen Sozialdemokraten, bis es von der Internationalen ablöst wurde.

„Folgen wir der Bahn, der kühnen, die uns geführt Lassalle."

Lasst uns die *Arbeitermarseillaise* zum Schluss gemeinsam singen, wie sie in Hamburg schon so oft gesungen worden ist.

52	*Laufenberg I S. 554*
53	*Laufenberg I S. 558*
54	*Laufenberg I S. 563*
55	*Laufenberg I S. 564*